작은
위로

작은
위로

초판 1쇄 발행 2022년 5월 1일

지은이 양광모 · 발행인 권선복 · 편집 오동희 · 디자인 김소영 · 전자책 서보미
마케팅 권보송 · 발행처 도서출판 행복에너지 · 출판등록 제315-2011-000035호
주소 (157-010) 서울특별시 강서구 화곡로 232 · 전화 0505-613-6133 · 팩스 0303-0799-1560 ·
홈페이지 www.happybook.or.kr · 이메일 ksbdata@daum.net

값 15,000원

ISBN 979-11-5602-693-8 (03810)
Copyright ⓒ 양광모, 2022

도서출판 행복에너지는 독자 여러분의 아이디어와 원고 투고를 기다립니다. 책으로 만들기
를 원하는 콘텐츠가 있으신 분은 이메일이나 홈페이지를 통해 간단한 기획서와 기획의도,
연락처 등을 보내주십시오. 행복에너지의 문은 언제나 활짝 열려 있습니다.

작은
위로

양광모 지음

도서
출판 행복에너지

contents

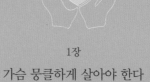

consolation

1장

가슴
뭉클하게
살아야 한다

가슴 뭉클하게 살아야 한다

어제 걷던 거리를
오늘 다시 걷더라도
어제 만난 사람을
오늘 다시 만나더라도
어제 겪은 슬픔이
오늘 다시 찾아오더라도
가슴 뭉클하게 살아야 한다

식은 커피를 마시거나
딱딱하게 굳은 찬밥을 먹을 때
살아온 일이 초라하거나
살아갈 일이 쓸쓸하게 느껴질 때
진부한 사랑에 빠졌거나
그보다 더 진부한 이별이 찾아왔을 때
가슴 더욱 뭉클하게 살아야 한다

아침에 눈 떠

밤에 눈 감을 때까지
바람에 꽃 피어
바람에 낙엽 질 때까지
마지막 눈발 흩날릴 때까지
마지막 숨결 멈출 때까지
살아 있어 살아 있을 때까지
가슴 뭉클하게 살아야 한다

살아있다면
가슴 뭉클하게
살아있다면
가슴 터지게 살아야 한다

작은 위로

아무도 울지 않는 밤은 없다*
오늘 그대가 운다면
그것은 그대의 차례

한 번도 눈물 흘러내린 적 없는 뺨은 없고
한 번도 한숨 내쉬어본 적 없는 입은 없고
한 번도 고개 떨궈본 적 없는 머리는 없다

오늘 그대가 잠들지 못한다면
그것은 그대의 차례
모두가 잠든 밤은 없다

* 이면우 시 '아무도 울지 않는 밤은 없다'

비 오는 날의 기도

비에 젖는 것을
두려워하지 않게 하소서

때로는 비를 맞으며
혼자 걸어가야 하는 것이
인생이라는 사실을 기억하게 하소서

사랑과 용서는
폭우처럼 쏟아지게 하시고
미움과 분노는
소나기처럼 지나가게 하소서

천둥과 번개 소리가 아니라
영혼과 양심의 소리에 떨게 하시고
메마르고 가문 곳에도 주저 없이 내려
그 땅에 꽃과 열매를 풍요로이 맺게 하소서

언제나 생명을 피워내는
봄비처럼 살게 하시고
누구에게나 기쁨을 가져다주는
단비 같은 사람이 되게 하소서

그리하여 나 이 세상 떠나는 날
하늘 높이 무지개로 다시 태어나게 하소서

우리가 자유를 자유롭게

기쁨이 우리를 기쁘게 만들고
슬픔이 우리를 슬프게 만들고
행운이 우리를 미소 짓게 하고
불운이 우리를 찡그리게 하고
사랑이 우리를 사랑하게 만들고
이별이 우리를 이별하게 만들고
삶이 우리를 살아가게 만들고
죽음이 우리를 죽게 만든다면
오, 우리는 어떤 파랑새를 잡으려
어둠을 견디며 내일을 기다리는 것이냐?
자유가 우리를 자유롭게 만들지 못한다면!
우리가 자유를 자유롭게 만들지 못한다면!

행복의 길

당신이 행복하게 살았으면 좋겠다고
말해주는 사람이 있다면
당신은 인생을 잘 산 것입니다

당신이 행복하게 살았으면 좋겠다고
말해주고 싶은 사람이 있다면
당신은 인생을 더욱 잘 산 것입니다

그리고 행복은 그때 찾아옵니다
당신이 자신의 행복보다는
누군가 다른 사람의 행복을 위해 기도할 때

사랑의 기쁨이 바로 그러하듯이

사람이 그리워야 사람이다

기온이 영하로 떨어지니
따뜻한 것이 그립다

따뜻한 커피 따뜻한 창가
따뜻한 국물 따뜻한 사람이 그립다

내가 이 세상에 태어나 조금이라도
잘 하는 것이 있다면 그리워하는 일일게다

어려서는 어른이 그립고
나이 드니 젊은 날이 그립다

여름이면 흰 눈이 그립고
겨울이면 푸른 바다가 그립다

헤어지면 만나고 싶어 그립고
만나면 혼자 있고 싶어 그립다

돈도 그립고 사랑도 그립고
어머니도 그립고 아들도 그립고
네가 그립고 또 내가 그립다

살아오면서 많은 사람을
만나고 헤어졌다

어떤 사람은 따뜻했고
어떤 사람은 차가웠다

어떤 사람은 만나기 싫었고
어떤 사람은 헤어지기 싫었다

어떤 사람은 그리웠고
어떤 사람은 생각하기도 싫었다

누군가에게 그리운 사람이 되자
사람이 그리워야 사람이다
사람이 그리워해야 사람이다

분수(噴水) 앞에서

높이 올라야
멀리 퍼질 수 있다는 것을
정상이
절정을 의미하지는 않는다는 것을
상승보다 하강이
더 아름다울 수 있다는 것을
무지개를 피워내는 것은
물기둥이 아니라 물보라라는 것을
가장 낮은 곳으로 내려왔을 때
다시 솟구쳐 올라가야 한다는 것을

너에게 인생의 분수를 배운다

선풍기에게

때를 기다릴 줄 알고
강약과 완급을 조절할 줄 알고
좌와 우를 차별하지 않고
낮은 곳을 향해 고개 숙이고
세상을 위해 온몸 던지면서도
언제든 멈춰야 하는 순간에는
아무런 미련 없이 곧 정지해 버리는
너처럼 이제 다시
생의 겨울이 찾아오면
나 또한 뜨거운 바람
성실히 일으켜 보리라
나 또한 꽃 같은 바람
간절히 피워 보리라

나도 세상 모르고 살았노라

헌법 제27조 4항 무죄추정의 원칙
비록 혐의가 확고하더라도
판결이 확정되기 전까지는
유죄로 단정 지을 수 없다고

이른 새벽 누군가 내 안에서
젖은 식빵과 우유 한 잔을 받아 마시며
불평 가득한 목소리로 항변할 때

깊은 밤 누군가 내 안에서
마른 안주에 소주 몇 잔을 들이키며
취한 목소리로 독백할 때

훗날 어떤 법정에든 서게 되는 날이면
나도 저와 같이 순진한
초범의 표정을 지어보이며
기꺼이 내 삶에 대해 묵비권을

행사해 보리라 다짐하는 것이다.

나도 세상 모르고 살았노라고*

* 김소월 시 '나는 세상 모르고 살았노라'

가을이 나를

나는 다시 촛불을 켤까 해
나는 다시 낙엽을 밟을까 해
나는 다시 편지를 쓸까 해
나는 다시 잠 못 이룰까 해
나는 다시 외로워볼까 해
나는 다시 사랑해볼까 해
나는 다시 어떻게든 살아볼까 해

나는 다시 모든 건
가을 때문이라고 주장해 볼까 해

단풍연가

나는 저보다 붉게
자신을 불태울 줄 모른다
나는 저보다 곱게
세상을 물들일 줄 모른다
나는 저보다 짧게
나무와 이별할 줄 모른다
나는 저보다 낮게
대지에 몸을 뉘일 줄 모른다
나는 저보다 쉽게
바람에 풍화될 줄 모른다

저는 나보다 뜨겁게
한 사람의 마음을 사로잡을 줄 안다
저는 나보다 부드럽게
한 사람의 가슴에 닿을 줄 안다
저는 나보다 따뜻하게
한 사람의 뿌리를 덮을 줄 안다

저는 나보다 비장하게
한 사랑을 떠나보낼 줄 안다
저는 나보다 치열하게
한 삶을 살아낼 줄 안다

해마다 10월이면
부끄러운 죄인 되어
나의 슬픈 죄를 고백하나니
꼭 한 번은
저보다 힘껏 살아보리라
이제 남은 생은
저보다 애틋하게 불태워 보리라
다짐할 적에

오늘도 저는
나보다 깊게
가을 속으로 잠긴다

오늘도 저는
나보다 가볍게

가을 밖으로 나선다

한 세상 단풍처럼 살아야 한다
한 세상 낙엽처럼 떠나야 한다

생일(生日)

生은
말(日)합니다

태어난 날이 아니라
다시 태어나는 날이라고

기뻐하고 즐거워하기 보다는
반성하고 뒤돌아보는 날이라고

어제보다 더 넓어지고
어제보다 더 깊어지고
어제보다 더 높아지는 날이라고

마흔 번째 시작이 아니라
서른 아홉 번째 삶을
잘 마무리하는 날이라고 말합니다

生은
또 말(曰)합니다

생일이란
우주의 기념일이요
역사의 이정표라고

내가 태어난 것이 아니라
우주가 태어난 것이요

인생이 시작된 것이 아니라
역사가 시작된 것이라고 말합니다.

그러고 보면
生은 늘 말(曰)해 왔죠

생일이란
내가 살아온 날에 대한 매듭이요
내가 살아갈 날에 대한 약속이라고

누군가로부터 선물을 받기보다는

누군가에게 선물이 되어야만 하는 날이라고

1년 365일

生은 늘 그렇게 말(曰)합니다

인생 한 때

몸의 때는
물로 씻고

마음의 때는
책으로 씻고

영혼의 때는
눈물로 씻으며

때 없는 사람들과
때 없는 삶 살으리

때 묻지 않은 웃음 지으며
때 묻지 않은 삶 살으리

인생 한 때!

인생미로(人生美路)

멈춰 설수록
더 멀리 갑니다

돌아볼수록
더 빨리 갑니다

함께 갈수록
더 쉽게 갑니다

빈손으로 갈수록
더 많이 얻습니다

길이 없을수록
더 많은 길이 열리는

인생은
미로(美路)입니다

인생은

참 아름다운 길입니다

희망

생각대로 일이
잘 풀리지 않을 때
아무리 노력해도
뜻대로 되지 않을 때
무엇을 어떻게 해야
좋을지 모르겠는 때
너무 힘이 들어
한 발자국도 꼼짝할 수 없을 때
거대한 벽 앞에
서 있다고 느낄 때
천 길 낭떠러지 끝에
서 있는 것 같을 때
그래도 그냥
주저앉고 싶지 않을 때
그 순간이 되면
나를 찾아오렴
다시 새롭게 도전할 수 있는

힘을 네게 줄게

나의 이름은 희망이야

괜찮아

꿈이 없어도 괜찮아

얼굴이 못생겨도 괜찮아

키가 작아도 괜찮아

뚱뚱해도 괜찮아

건강하지 않아도 괜찮아

영어를 못해도 괜찮아

돈이 없어도 괜찮아

능력이 없어도 괜찮아

소심해도 괜찮아

실패해도 괜찮아

외로워도 괜찮아

그냥 나만 믿어

이 세상 끝나는 날까지

너를 지켜줄게

어둠을 빛으로

실패를 성공으로

불행을 행복으로 바꿔 주는

나의 이름은 긍정이야

묘비명

막걸리는
가져왔는가

거기 놓고
어여 가시게

시 쓰는 중이라
바쁘구면

나는 왜 수평으로 떨어지는가

    나는 왜 수평으로 떨어지는가 140km로 달리면 덜 외로울지도 160km로 달리면 덜 비루할지도 200km 로 달리면 더 뜨거워질지도 모른다고 비가 오는 고속 도로를 100km의 법적 속도로 달리며 생각해 보았다 외로우니까 비도 수직으로 떨어지고 외로우니까 윈 도우 브러시도 누웠다 일어서고 외로우니 백미러 도 풍경을 간직하는데 앞서간 자의 고독과 뒤처진 자 의 불안을 빨라질수록 무거워지는 죽음의 무게를 느 려질수록 가벼워지는 삶의 무게를 질주보다 빠른 멈 춤을 멈춤보다 느린 질주에 대해 생각해 보았다 두려 움도 없이 수직으로 충돌하고는 다시 허공으로 튀어 오르는 빗방울의 동선을 지켜보면서 어디쯤에서 수 평의 낙하를 멈춰야 하는지 어디쯤에서 수직의 비상 을 시작해야 하는지 내 속도의 의미를 짐작해 보았다 80km로 달리면 덜 외로울지도 40km로 달리면 덜 초라할지도 0km로 달리면 더 자유로워질지도 모른 다며

가슴에 강물처럼
흐르는 것들이 있다

세월 흐른 뒤에야
가슴에 꽃으로 피어나는 것들이 있다

세월 흐른 뒤에야
가슴에 촛불을 밝히는 것들이 있다

때로는
안개로 밀려오고

때로는
낙엽으로 떨어지고

때로는
눈처럼 쌓이면서

세월 흐른 뒤에야
가슴에 강물처럼 흐르는 것들이 있다

살아 있다는 것

살아 있다는 것이
얼마나 가슴 뛰는 일인지
느껴 본 사람은 안다

삶은 순간이요, 우리는 그 순간을
뜨겁게 살아야 한다는 것을
인생에는 우주가 잠시 발길을
멈추는 순간이 존재한다는 것을
그 순간이야말로 진정 살아 있는 시간이라는 것을

살아 있다는 것이
얼마나 가슴 시린 일인지
느껴 본 사람은 안다

삶은 영원이요, 우리는 그 영원 속을
묵묵히 걸어가야 한다는 것을
인생에는 우주가 영영 발길을

멈춘 듯한 순간이 존재한다는 것을
그 순간에도 우리는 멈추지 말아야 한다는 것을

살아 있다는 것이
얼마나 가슴 벅찬 일인지
느껴 본 사람은 안다

삶은 긴 순간, 짧은 영원이라는 것을
인생에는 우주가 숨을 죽이고
우리를 지켜보는 순간이 존재한다는 것을
그 순간에야말로 오롯이 살아 숨 쉬고 있음을
보여줘야 한다는 것을

진정 뜨겁게
살아 있어야 한다는 것을

그 길

내일은
해가 뜨지 않을 것이다
내일은
오늘처럼 흐리거나
내일은
오늘보다 더 거센 비바람이
몰아닥칠 것이다

비가 그쳐도
무지개는 뜨지 않을 것이다
어디서도
기적이 일어났다는 소문은
들리지 않을 것이며
밤은 길고
외롭고
가야 할 길은
여전히 어둡고 멀 것이다

어쩌면 행운의 여신은
우리를 향해 미소 짓지 않을 것이다
어쩌면 승리의 함성과 환희는
우리의 몫이 아닐 것이다.
어쩌면 우리는 성공이라는 정상에
도달하지 못할 것이며
그토록 간절하게 소망했던 꿈들은
가슴속 깊이 묻어둔 채
어쩌면 세상과 아쉬운
작별을 고해야 할지도 모를 것이다.

그렇지만 우리는
비탄과 상심에 사로잡혀
길 위에 주저앉아 있지는 않을 것이다
오히려 이렇게 반문할 것이다
인생에서 정녕 놀라운 일은
자신의 삶과 꿈을
절대로 포기하지 않았다는
사실이 아니라
한 번뿐인 자신의 삶과 꿈을

너무나 쉽게 포기하고 말았다는
사실 아니냐고

우리는 또 이렇게 말할 것이다.
절망이라는 왼손이
땅을 가리키면
희망이라는 오른손은
하늘을 향해 높이 뻗겠다고
두려움이라는 왼발이
뒷걸음치면
용기라는 오른발은
앞을 향해 힘껏 내딛겠다고

그리하여
희망이 절망을 이끌고
용기가 두려움을 이끌고
신념이 운명을 이끄는
삶을 살겠다고 말할 것이다

누군가에게

위대한 영웅이 되는 것은
인간으로서 추구해 볼 만한 목표지만
스스로에게
부끄럽지 않은 사람이 되는 것은
인간으로서 지켜야 할 책임이라고 말할 것이다.

어쩌면 내일은
해가 뜨지 않을 것이다
바람 불거나
비 내리겠지만
우리는 묵묵히 길을 걸어갈 것이다
그 길이
우리가 걸어가야 할 길이므로

안경

볼 것, 못 볼 것
다 보았지
밤이면 잠시
몸을 떠나기도 했지만
아침이면 언제나
새 날을 맞는 첫 번째 의식이었어
때로는 맑게
때로는 먼지 몇 점 묻어 흐렸겠지만
그래도 바람의 뒷모습을 놓치진 않았어

태양의 질주
구름의 산책
목련의 소멸
여름 장마 든 강물
굶주린 안개가 세상을 한 입에 삼키는 것
노을 한 조각 베어 물고 둥지로 귀향하는 새의 날개짓
엄마 품안에 안긴 어린 아기의 솜사탕 같은 미소

연인을 기다리느라 바짝 고개 처든 신발 뒤꿈치

퇴근길 포장마차 술잔 속에 출렁이던 달빛

저녁을 준비하는 아내가 몇 번이고 바라보던 시계
바늘의 느린 걸음

더 젊은 노인이 덜 젊은 노인에게 자리를 양보하
는 풍경

지하철 계단, 허공을 떠받든 두 손에 떨어져 있던
동전 몇 닢

권력의 찬탈

길거리 위에 흩뿌려진 피

수의 같은 환자복

이제 막 자식을 땅에 묻은 늙은 어머니의 눈물

가을 아침 무덤가에 피어난 들꽃

어느 겨울, 눈 덮인 자동차 유리창 위에 적혀 있던
'사랑해'라는 세 글자

두어 번쯤은

평생을 붙들어 놓고 싶은 눈빛과도 마주쳤었지

그렇게 조금씩 알게 되었어

보이지 않는다고 존재하지 않는 것은

아니라는 것을

보고 싶어도 볼 수 없고

보고 싶지 않아도 보아야 한다는 것을

보고도 못 본 척할 때

세상이 더욱 따뜻해지기도 한다는 것을

젊어서는 멀리 보지 못하고

나이 들면 가까운 곳을 보지 못한다는 것을

보고 싶은 것

보고 싶지 않은 것

다 보았지

눈살 찌푸린 순간도 없진 않았지만

그래도 삶은

즐거운 발견이었어

이제 곧

내 필요 없어질 날 찾아오겠지만

조금 더 밝게

조금 더 또렷하게

조금 더 느긋하게 바라봐야지

좋은 것만 담기에도 두 눈 작으니

좋은 것만 보기에도 인생 부족하니

12월 31일의 기도

이미 지나간 일에 연연해하지 않게 하소서
누군가로부터 받은 따뜻한 사랑과
기쁨을 안겨주었던 크고 작은 일들과
오직 웃음으로 가득했던 시간들만 기억하게 하소서

앞으로 다가올 일을 걱정하지 말게 하소서
두려움이 아니라 가슴 벅찬 희망으로
불안함이 아니라 가슴 뛰는 설렘으로
오직 꿈과 용기를 갖고 새로운 한 해를 뜨겁게 맞이
하게 하소서

조금 더 지혜로운 사람으로 살게 하소서
바쁠수록 조금 더 여유를 즐기고
부족할수록 조금 더 가진 것을 베풀고
어려울수록 조금 더 지금까지 이룬 것을 감사하게
하소서

그리하여 삶의 이정표가 되게 하소서
지금까지 있어왔던 또 하나의 새해가 아니라
남은 생에 새로운 빛을 던져줄 찬란한 등대가 되게
하소서

먼 훗날 자신이 걸어온 길을 뒤돌아볼 때
"그때 내 삶이 바뀌었노라" 말하게 하소서
내일은 오늘과 같지 않으리니
새해는 인생에서 가장 눈부신 한 해가 되게 하소서

우산

삶이란
우산을 펼쳤다 접었다 하는 일이요
죽음이란
우산이 더 이상 펼쳐지지 않는 일이다

성공이란
우산을 많이 소유하는 일이요
행복이란
우산을 많이 빌려주는 일이고
불행이란
아무도 우산을 빌려주지 않는 일이다

꿈이란
우산천과 같고
계획은
우산살과 같고
자신감은

우산손잡이와 같다

용기란
천둥과 번개가 치는 벌판을 홀로 지나가는 일이요
포기란
비에 젖는 것이 두려워 집안에 머무는 일이다

행운이란
소나기가 쏟아지는데 서랍 속에서 우산을 발견하
는 것이요
불운이란
우산을 펼치기도 전에 비가 쏟아지는 것이다

희망이란
거리에 나설 때쯤이면 비가 그칠 것이라고 믿는 것
이요
절망이란
폭우가 쏟아지는데 우산에 구멍이 나 있다는 사실
을 발견하는 것이다

도전이란
2인용 우산을 만드는 일이요
역경이란
바람에 우산이 젖혀지는 일이고
지혜란
바람을 등지지 않고 우산을 펼치는 일이다

사랑이란
한쪽 어깨가 젖는데도 하나의 우산을 둘이 함께 쓰
는 것이요
이별이란
하나의 우산 속에서 빠져나와 각자의 우산을 펼치
는 일이다

쓸쓸함이란
내가 우산을 씌워줄 사람이 없는 것이요
외로움이란
나에게 우산을 씌워줄 사람이 없는 것이고
고독이란
비가 오는데 우산이 없는 것이다

그리움이란

비가 오라고 기우제를 지내는 일이요

망각이란

비에 젖은 우산을 햇볕에 말려 창고에 보관하는 일
이다

실수란

우산을 잃어버리는 일이요

잘못이란

우산을 잊어버리는 일이다

분노는

자동우산과 같고

인내란

수동우산과 같다

지식은

3단 우산과 같고

지혜는

2단 우산과 같으며

겸손은
장우산과 같다

부모란
아이의 우산이요
자녀는
부모의 양산이다

연인이란
비 오는 날 우산 속 얼굴이 가장 아름다운 사람이요
부부란
비 오는 날 정류장에서 우산을 들고 기다리는 모습
이 가장 아름다운 사람이다

여행을 위해서는
새로 산 우산이 필요하고
추억을 위해서는
오래된 우산이 필요하다

비를 맞으며 혼자 걸어갈 줄 알면

인생의 멋을 아는 사람이요

비를 맞으며 혼자 걸어가는 사람에게 우산을 내밀
줄 알면

인생의 의미를 아는 사람이다

세상을 아름답게 만드는 건 비요

사람을 아름답게 만드는 건 우산이다

한 사람이 또 한 사람의 우산이 되어줄 때

한 사람은 또 한 사람의 마른 가슴에 단비가 된다

2장

괜찮다
새여

눈부시다는 말

눈부시다는 말
참 좋지요

비 갠 아침의 눈부신 햇살
은빛으로 반짝이는 눈부신 강물
풀잎 끝에 매달린 눈부신 이슬
해맑은 아이들의 눈부신 웃음
오늘이라는 눈부신 시간
사랑해라는 눈부신 고백

눈부시다는 말
참 눈부시지요

괜찮다 새여

새우깡 하나 차지하겠다고
대부도 방아머리 선착장에서
자월도까지 쫓아 날아오던
갈매기 한 마리와 눈이 마주쳤는데
어쩐지 못 볼 것을 본 듯한 마음에
먼저 눈길을 피하고 말았다
필경 저 새도 땅에 내려앉는 것이 부끄러워
발목이 붉어졌을 것이다
밤이면 자줏빛 달을 부리에 물고
파랑 같은 울음을 울겠다마는
괜찮다 새여, 하늘을 날기 위해서는
먼저 물 위에 떠 있는 법을 배워야 한다

함께 눈물이 되는 이여

낮은 곳에선
모두 하나가 된다

빗방울이 빗물이 되듯
강물이 바다가 되듯

나의 마음자리
가장 낮은 곳까지 흘러와
함께 눈물이 되는 이여

세상에서 가장 높은 곳으로 올라가
우리 함께 샘물 같은 사랑이 되자

와온에 가거든

노을 몇 점 주우러 가는 도로에
촘촘한 간격으로 설치된
수십 개의 과속방지턱을 넘으며
상처란 신이 만들어 놓은
생의 과속방지턱인지도 모른다 생각해 보았다
서두르지 말고 천천히 가야 한다는

느릿느릿 도착한 와온 바다
엄지손톱만 한 해가 수십만 평의
검은 갯벌을 붉게 물들이며
섬 너머로 엉금엉금 지는 모습을 보자면
일생을 갯벌 게구멍 속에서 지내도
생은 좋은 일만 같았다

그대여 와온에 가거든
갯벌 게구멍 속에 느릿느릿 들어앉았다 오라
밀물이 들기까지 생은 종종 멈추어도 좋은 것이다

와온에 서서

와온바다 수평선을 가로막고 서 있는 섬들
내 생에도 저런 섬 한두 개쯤 있었겠지
우뚝 서서, 파도쯤에는 꼼짝도 안 하며
바다의 걸음을 묶어두던 운명들

뭍과 섬 사이를 가득 메운 노을은
저무는 바다를 홀로 흘러 떠나는데
나는 또 누군가의 섬이 되려는지
와온에 서서
짠 파도에 모래알 같은 마음을 씻기고 있었다

길의 노래

살아 있다면 그대
머무르지 마라
길도 길을 떠난다
길도 길을 잃는다
길이 끊어진 곳에서
길이 운다
길이 이어진 곳에서
길이 웃는다
먼 세상 끝 마침내
길이 하늘에 닿는다

봄

다시 돌아온
첫사랑 같은 계절
그림자도 따뜻해져
기지개를 펴고 일어나 앉는다
자, 다시 새로운 눈으로
세상을 밝고 맑게 바라보자

봄 2

어둠이 아니라 빛을 봄
어제가 아니라 내일을 봄
미움이 아니라 사랑을 봄
내가 아니라 우리를 봄

비바람 불고 눈보라 치는 날에도
나의 눈에는 언제나 봄

춘일서정(春日抒情)

봄밤
꽃 피는 소리에
잠을 깨고

봄비
꽃 지는 소리에
꽃잎을 헤아리네

욕심도 아서라 슬픔도 아서라
봄볕 꽃그늘에도 꽃 피어난다

여름비

상한 영혼 맑게 씻어주는
새벽 산사의 목탁소리

낮은 곳으로 흘러가거라
흘러가 바다의 자식이 되어라

추석

연어처럼 돌아간다

어린 새끼들을 이끌고
오래전 떠내려왔던 물살을 거슬러 올라가면
가을 햇살에 반짝이는 유년의 비늘들

빈 주머니면 어떠리
내일은 보름달이 뜨리니
가난한 마음에도 달빛은 한가득

밤이 깊을수록
송편은 점점 커지고
아비 어미 연어 얼굴에는
기쁨이 사뭇 흘렀다

애수

겨울
오후 다섯 시

다섯 개의 바다가
어스름에 등 떠밀려
일제히 가슴에 쏟아져
들어오는 소리 맥박처럼 들려오는 시간

쿵 쿵 쿵 쿵 쿵

그때 찾아오거라
애수여 슬프지도 않으려니

지금 외로운 사람들은

지금 외로운 사람들은
비가 오면 우산을 씌워줄
누군가를 기다린다

지금 그보다 더 외로운 사람들은
비가 오면 누군가를 찾아
빗속을 나서고

지금 그보다 더 외로운 사람들은
비가 오지 않는 날에도
가슴속에 우산 하나 들고 다닌다

지금 그보다 더 외로운 사람들은
비가 오지 않는 날에도
홀로 빗속을 걸으며 비에 젖고

지금 그보다 더 외로운 사람들은

비가 올까 두려워 스스로

비가 된다

* 최승자 시 '외로운 여자들은'

고마운 일

감사할 일이 있다는 건
얼마나 고마운 일인가

꽃다운 미소를 지어주고
햇살 같은 말을 건네주고
나를 위해 자신의 손을
내밀어 주는 사람이 있다는 건
얼마나 고마운 일인가

그리하여 그와 함께
가난한 세상을 부자처럼 살아가는 일에
감사할 줄 아는 마음을 갖는다는 건
또 얼마나 고마운 일인가

사람아
너와 함께 이 세상을 살아가는 건
그 누군가에게 또 얼마나 고마운 일인가

1/10

우리가 스스로를 사랑하는
십분의 일만큼만 타인을 사랑한다면

우리가 스스로에게 감사하는
십분의 일만큼만 타인에게 고마워한다면

우리가 스스로에게 사과하는
십분의 일만큼만 타인에게 부끄러워한다면

우리가 스스로를 용서하는
십분의 일만큼만 타인을 너그러이 대한다면

그대여, 우리가 사는 세상이
어찌 십분의 일만큼만 따뜻해지랴

그대여, 우리 영혼의 샛별이
어찌 십분의 일만큼만 더 밝게 빛나랴

어머니

어쩐지 길을 잘못 걸어온 듯 느껴지는 날
겁먹은 어린아이의 눈길로 뒤돌아보면
저만큼 당신이 서 있을 것만 같습니다

어머니
아직도 손을 흔들고 계시겠지요

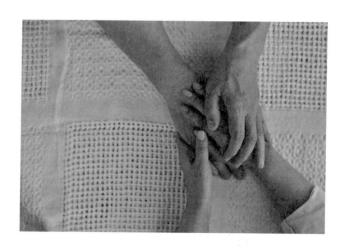

술을 마시다

4도짜리 맥주를 마시다
서러운 무엇이 있는지
거품 같은 눈물을 펑펑 쏟아내는
36.5도 술 한 병의 등을
나는 가만히 쓸어주었다

술아, 천천히 비워야 한다

캬

저녁 어스름이 내려앉는 시간
소주 한 잔을 빈속에 들이키면
100억 광년 우주 너머
칠흑 같은 어둠 속에서 빛의 속도로 날아와
입 밖으로 뛰쳐나오는 원시의 언어

그래도 세상은 살 만하다고
밤하늘의 별은 아직 때 묻지 않았다고
내일은 내일의 해가 뜬다고
아니, 설사 그렇지 않을지라도 그냥 모두 씻어버리
라고

세상에서 가장 짧은 연설!
세상에서 가장 뜨거운 포옹!
세상에서 가장 눈물겨운 감탄사!

캬!

인생

자주
막막하고

이따금
먹먹해도

늘
묵묵하게

오늘이 청춘

어깨와 허리, 무릎이 모여 말합니다
"청춘이 좋았는데"

심장이 말합니다
"오늘이 가장 좋은 거야"

자작나무숲으로 가자

자작나무숲으로 가자
백색 사원의 수도승들
온몸에 흰 눈 뒤집어쓴 채
100년 묵언에 잠겨 있는 곳

푸른 지붕 사이로 새어든 햇살이
고요마저 삼킨 적막을 자작자작 비춰
이곳에서는 생도 길을 잃고
이곳에서는 죽음도 영원히 머물러
살고 싶어지느니

보아라 생이여!
이렇게 사는 법도 있지 않느냐
저렇게 죽는 법도 있지 않느냐

원대리에서는
삶도 죽음도 입을 다물고

거침 없는 바람만 자작자작

생의 비의(秘意)를 허공에 흩뿌린다

청춘십일홍

여보소, 꽃 한철
수이 짐을 탓하지 마오

꽃이야 제 몸이
꽃인 줄이나 알고
피고 지건만

사람은 제 몸이
꽃인 줄도 모르고
청춘을 수이 보내더라

아우야 꽃구경 가자

아우야 꽃구경 가자
오늘 핀 꽃 내일이면 지리니
시름일랑 꽃 진 후로 미루어 두고
아우야 꽃구경 가자
아우야 꽃세상 가자

아우야 꽃따러 가자
바람 불면 저 꽃잎도 떨어져
눈물일랑 내일날로 미루어두고
아우야 꽃따러 가자
아우야 꽃세상 가자

아침인사

안녕히 주무셨습니까
아침은 드셨습니까

뭐, 이런 거 말고

오늘 아침에
영혼은 깨끗이 씻으셨습니까

초대

누굴까

가랑잎 같은 세상에 나를 초대한 사람

나를 불러, 가슴에 작은 모닥불 하나 피워 놓은 사람

마지막 불씨 꺼지는 날까지도

그 이름 알 순 없겠지만

나 이 세상 떠나는 날

그 입가에 미소 가득 고이기를

그것 봐, 부르기를 참 잘했지!

언젠가 나는 슬픔에게

언젠가 나는 슬픔에게 물어본 적이 있다
너는 그리도 나의 슬픔이 기쁜 것이냐
슬픔이 아무런 대답을 하지 않았으므로
나는 지금껏 영문을 모른 채 슬픔을 끌어안고 산다
꽃 진 후에야 돋아나는 월새잎 같은 것이
인생인지도 모를 일이다

다시 일어서는 삶

잠시 기다려 줄 수 있겠니
눈물이여 이별이여 죽음이여

다시 돌아와 줄 수 있겠니
기쁨이여 사랑이여 영광이여

다시 손 내밀어 줄 수 있겠니
순수여 자유여 정열이여

다시 말해 줄 수 있겠니
희망이여 용기여 신념이여

이 모든 것들을
다시 나의 품으로 돌려줄 수 있겠니
그대, 스스로 일어서야 할 나의 영혼이여

마음꽃

꽃다운 얼굴은
한철에 불과하나

꽃다운 마음은
일생을 지지 않네

장미꽃 백 송이는
일주일이면 시들지만

마음꽃 한 송이는
백 년의 향기를 내뿜네

꽃

작은 일로 가시가 돋을 때
이 사람은 전생에 무슨 꽃이었을까
마음속으로 빙긋이 생각해 봅니다

나는 또 어떤 꽃이었을까요

나의 기도

오늘의 슬픔이
어제의 슬픔보다 크더라도
오늘의 사랑은
어제의 사랑보다 작지 않으리

내일의 상처가
오늘의 상처보다 크더라도
내일의 용기는
오늘의 용기보다 작지 않으리

바람 불고
폭풍우 몰아치는 날에도
낙엽 지고
눈보라 휘날리는 날에도

하루에 한 걸음씩
나의 길을 걸어가며

하루에 한 송이씩

나의 영혼을 꽃피우리

눈을 감고

가끔은 눈을 감고
꽃을 보라
가끔은 눈을 감고
별을 보고
가끔은 눈을 감고
보이지 않는 사랑을 보라

그리고도 아주 가끔은
첫 새벽을 맞는
아기사슴처럼 눈을 뜨고
눈 감은 나의 영혼을 바라보라

참 잘했네 그려

살아보니 조금은 분해도
참기를 잘했네 그려

살아보니 조금은 억울해도
참기를 잘했네 그려

살아보니 조금은 슬퍼도
참기를 잘했네 그려

살아보니 조금은 힘들어도
참기를 잘했네 그려

살아보니 그저 묵묵히 살아오기를
정말 정말 참 잘했네 그려

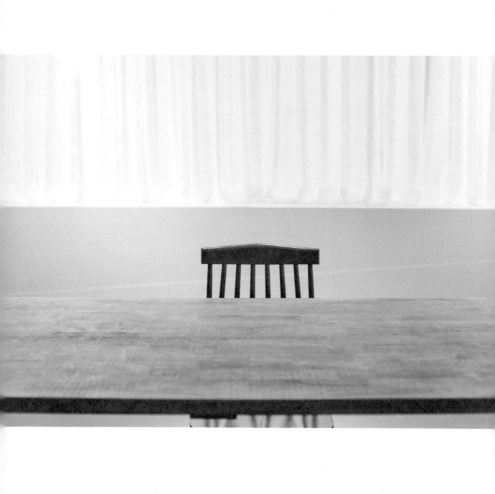

마음의 집

마음이 행복한 사람은
남을 미워할 시간이 없고

남을 미워하는 사람은
마음이 행복할 시간이 없네

마음의 집의 주인은
오직 한 명뿐

미움이 집을 차지하기 전
사랑에게 먼저 열쇠를 넘겨주세

화암사 나뭇잎

화암사 뒤편 계곡물에
나뭇잎 한 잎을 띄웠어요
삿된 마음 모두
흘려보내고 싶었던 게지요
그런데 그만, 다섯 걸음도 가지 못해
나뭇잎이 물줄기에서 벗어나고 말았어요
어쩌나 어쩌나 발만 동동 구르는데…
그 나뭇잎 아무렇지도 않다는 듯
가장자리를 따라 빙글빙글 돌며
조금씩 조금씩 위쪽으로 올라가더니
마침내 물줄기에 다시 합류하는 것이었어요
그때 나는 알았답니다
삶이란 나뭇잎 한 잎보다도 몽매하다는 것을

사랑을 위한 기도

내가 사랑한 사람이
나를 사랑한 사람보다 많게 하소서

나를 사랑하는 사람보다
더 깊이 그를 사랑하게 하시고
나를 사랑하는 사람보다
더 오래 그를 사랑하게 하소서

나를 사랑하는 사람보다
더 뜨겁게 그를 사랑하게 하시고
나를 사랑하는 사람보다
더 순결하게 그를 사랑하게 하소서

어느 날 불현듯 나를 미워하더라도
흔들림 없이 그를 사랑하게 하시고
어느 날 불현듯 나를 잊어버리더라도
변함없이 그를 그리워하게 하소서

그리하여 누군가에게 사랑받으며 산 날보다
누군가를 사랑하며 산 날이 더 많게 하소서

그것이 자신의 영혼과 삶을
참사랑 하는 하나뿐인 길임을
사랑 속에서, 오직 사랑의 힘으로 깨닫게 하소서

아침의 기도

오늘 하루
살아 숨 쉬는 것에 대한 감사의 마음이
아침햇살처럼 내 영혼의 하늘에 퍼지게 하소서

오늘 하루
살아 있는 모든 생명에 대한 사랑의 마음이
저녁노을처럼 내 영혼의 바다에 번지게 하소서

오늘 하루
순결한 삶에 대한 갈망이
여름비처럼 내 영혼의 들녘을 촉촉이 적시게 하소서

아침부터 밤까지 순간에서 영원까지
불꽃보다 뜨거운 삶의 열정이
겨울눈처럼 내 영혼의 대지를 은빛으로 뒤덮게 하소서

52 고래

누구도 그의 모습을 본 적이 없다

생김새는 어떠한지 크기는 얼마나 되는지

어느 바다를 떠돌며 일생을 유영하는지조차 알지
못한다

유일하게 그에 대해 알려진 건

51.75헤르츠(Hz)의 주파수로 노래한다는 것

그래서 12~25헤르츠(Hz)로 의사소통을 하는 다른
고래들과는

대화 자체가 전혀 불가능하다는 것뿐

학자들은 그를 세상에서 가장 외로운 고래라고 부
른다

그렇지만 나는 알고 있다

그가 어떤 모습인지 어느 만큼의 키와 몸무게를 지
녔는지

어느 바다에서 태어나 어느 해저에서 마지막 숨을
거두는지

왜 다른 고래들은 알아듣지 못하는 슬픈 음역의 노
래를 부르는지

나는 그를 '세상에서 가장 외로운 시인'이라고 부
른다

당신도 쉰두 살쯤 된 어느 날 저녁이면

반드시 그와 마주치게 되리라

좌와 우의 불빛으로

자동차 정기검사를 받는데
검사원이 좌측 헤드라이트 전구가 끊어졌다 말한다
이따금 그런 차들을 본 적이 있다
한쪽 불만 밝히고
맹렬한 속도로 고속도로를 질주하는 외눈박이 차들
그런 차를 볼 때면 혀를 끌끌 차곤 하였다
세상에! 한쪽 헤드라이트가 나간 줄도 모르고 운전
을 하다니……

삶이란 그런 식이다
내 차의 불이 꺼진 것은 알지 못하면서도
누군가 한쪽 불에 의지해 달려가는 것을 안타까워
한다
어쩌면 나 또한 나를 안타까워했을 사람을
때로는 냉소에 가까운 웃음으로 비웃으며
여기까지 달려왔을 것이다

그러니 이쯤에서 물어야 한다
내 삶의 좌측 헤드라이트는 무사한지
내 영혼의 좌측 헤드라이트는 아직 불 밝히고 있는지
아니다, 이렇게 말해야 하는 것이다
나는 좌와 우의 불빛으로 올곧이 이 어둠의 시대를
지나가리라

의문

지역 번호 02로 시작되는 낯선 전화가 걸려왔다
중년은 되었을 성싶은 한 여자가
고압선에 전기가 흐르는 목소리로 다짜고짜
차를 빼달라고 차를 빨리 빼달라고 왜 빨리 차를
안 빼냐고
남의 가게 앞에 함부로 차를 세워놓으면 어떡하냐
며 언성을 높였다
나는 강원도 어느 겨울산 중턱을 힘겨이 올라가고
있는데
내 차는 산 아래 주차장에서
지금쯤 한가로운 동면에 빠져들고 있을 것인
데……

전화가 끊어진 후 키 큰 나무 밑동에 기대어 앉아
저만큼 내가 걸어 올라온 산 아래를 내려다보며 생
각해 보니
살아가는 일 또한 이와 마찬가지는 아니었는지

내 삶에서 불행을 빼달라고 빨리 빼달라고 왜 빨리
안 빼냐고
　누군가에게 이 세상 사람도 아닌 저 세상 그 누군
가에게
　고압선에 벼락이 떨어지는 목소리로
　다짜고짜 언성을 높이며 살고 있는 건 아닌지

사람은 무엇으로 사는가

여름비 쏟아지는 이른 아침
달팽이 한 마리가 비를 맞으며
1시간에 5m의 속도로
아파트 옆 하천 산책로를 기어가고 있다
그 옆에 쭈그리고 앉아
두 개의 더듬이, 그리고 나선형 껍데기에 관한
은유와 상징을 더듬거려 보다가
당최 성에 차는 문장이 떠오르질 않아
벌떡 자리에서 일어서는데
지나가던 초로의 남자가 다가와
두 손가락으로 달팽이를 조심스레 들어 올리더니
건너편 길가 풀섶 사이에 내려놓고는
다시 제 갈 길을 걸어가는 것이었다
그 사람의 등에 보이지 않는 높은 사원 하나
우뚝 세워져 있는 듯하여
나는 가만히 속으로 중얼거려 보았다

"사람은 무엇으로 사는가"

consolation

3장

보고 싶은
사람 하나
생겼습니다

사랑은 언제나 12시

너는 길지만
나는 짧고

너는 빠르지만
나는 느리다

너는 서둘러 스쳐 지나가지만
나는 오래도록 그 자리를 맴돌고

너는 세상을 한 바퀴 돌아 다시 찾아오지만
나는 한 번도 너를 붙잡지 못한다

그래도 재깍재깍 가슴이 뛰고
그래도 흔들흔들 온몸이 떨리면

사랑은
언제나 12시다

둘이 만나 하나가 된다

사랑은
언제나 6시다
둘이 헤어져도 하나가 된다

육교

나도 너의 삶을
가로지르고 싶다

올라오는 길이
내려가는 길 되고

내려가는 길이
올라오는 길 되어

이편에서 저편으로
너를 건너고 싶다

바람에 흔들리지 않고
바람을 불평하지 않으며

저편에서 이편으로
너를 건네주고 싶다

사랑한다는 건
육교 하나 세우는 일

산다는 건
육교 하나 건너는 일이다

사랑법

너의 사랑은 바다를 닮았고
나의 사랑은 사막을 닮았다

너의 바다엔 고래가 유영하는데
나의 사막엔 선인장이 직립해 있다

너의 바다엔 파도가 춤추는데
나의 사막엔 모래바람이 몰아친다

너의 바다는 늘 그만한 수온을 유지하는데
나의 사막은 태양과 빙하의 온도를 넘나든다

그렇게 말하며
네가 밀물의 흔적을 지우고
썰물의 걸음으로 멀어져 갈 때도

나는 그저

낙타의 걸음을 바다로 향하며
이렇게 생각해 보는 것이다

목마름을 해결해 주는 건
소금이 아니라
물이라고

우리가 마실 수 있는 건
바다가 아니라
샘이라고

샘을 품을 수 있는 건
바다가 아니라
사막이라고

사랑 후 사랑

꽃이 아니라
뿌리를

잎이 아니라
그늘을

날개가 아니라
발톱을

앞모습이 아니라
뒷모습을

더 오래
사랑하는 거다

이별이
사랑의 끝은 아니라는 것을

사랑의 끝은
오직 사랑이라는 것을

지울 수 있다면
사랑이 아니라는 것을

더 깊이
가슴에 새기는 거다

한 번만 더

한 번만 더 가슴 뛰어라
한 번만 더 설레고
한 번만 더 숨 막혀라

한 번만 더 입술 데고
한 번만 더 가슴 타고
한 번만 더 손끝 떨려라

아침이면 그리움으로 깨어나고
밤이면 그리움으로 잠 못 들어라

불러도 다시 부르고 싶고
말해도 다시 말하고 싶고
들어도 다시 듣고 싶어라

그리하여
꽃같이 피어나고

불같이 타오르고
새처럼 날아올라라

그리하여
한 번만 더
온몸으로 사랑하여라
살아서 좋은 것은 사랑뿐이었나니

사랑아, 내 부르거든

사랑아
내 부르거든
너 바람같이 달려오거라
천 리 길
가시덤불
산과 바다
뛰어넘어

사랑아
내 찾거든
너 벼락같이 날아오거라

천당길
지옥길
여름과 겨울
뛰어넘어

사랑아
내 목 놓아 울거든
너 벼르던 운명처럼 다가오거라

누군가의 안은 누군가의 밖

누군가의 안은
누군가의 밖

네가 나를
내가 너를
사랑이 사랑을 떠나면

누군가의 낮은
누군가의 밤

누군가의 꽃은
누군가의 가시

누군가의 잊을 수 없는 사랑은
누군가의 지울 수 없는 상처가 된다

사랑은 만 개의 얼굴로 온다

사랑은
만 개의 얼굴로 온다

아침에서 밤까지
하늘에서 바다까지
꽃에서 달까지
사랑은 만 개의 얼굴로 온다

그리하여 그대의 사랑이 꿈 같을 때
그리하여 그대의 사랑이 기적 같을 때
사랑은 다시 만 개의 심장으로 온다

터져라 심장이여!
죽음도 두렵지 않으니
사랑은 천만 개의 불꽃으로 온다

나는 참 떨리는 사랑을

그대를 만난 후
내 가슴 깊은 곳에서
커다란 바윗돌 쿵쿵
떨어지는 소리
누군가 첨벙첨벙
물 위를 걸어오는 소리
문득, 문득, 들려오기에
이것이 사랑인가, 이것이 사랑이라면
나는 참 떨리는 사랑을 하고 있구나
생각할 때에 그대는 다시 더욱 커다란 바위가 되어

아내

장미꽃보다
아름답던 그 여인

코스모스로
동백으로
목련으로
피고 지더니

이제는 내 가슴속
무궁화 꽃 되었네

당신이 보고 싶어
아침이 옵니다

당신이 보고 싶어
아침이 옵니다

밤을 지나
어둠을 헤치고
낮을 지나
빛조차 뿌리치고

당신이 보고 싶어
저녁이 옵니다

장밋빛 노을에 물든
태양처럼
따뜻한 어둠에 잠긴
별처럼

당신이 보고 싶어
잠에 듭니다

내 안에 머무는 그대

당신을 만나기 전에는
아침이 밝아왔는데
당신을 만난 후로는
사랑이 밝아옵니다

당신을 만나기 전에는
어둠이 밀려왔는데
당신을 만난 후로는
사랑이 밀려옵니다

아침부터 밤까지
내 안에 머무는 그대
당신을 만난 후로는
사랑 안에 내가 머뭅니다

너를 사랑한다는 것

먼바다 갯벌을
걸어 돌아오는 사람 같았다

그의 등에 업힌
저녁노을 같았다

가끔 흔들렸지만
늘 붉었다

사랑아

살아가는 일이
얼음꽃 같을 때
너의 이름을 부른다

사랑아
진눈깨비 쏟아지는 길 위에서도
나는 너를 잊지 않았다

양광모

그리움에 대해
시를 써 보냈더니
너무 길다 연락이 왔네

이백이 돌아와도
더 짧게는 못하리니
다시는 줄여 달라 청하지 마오

'그리움'

양
광
모

사랑은

사람은
하루에 오만 가지 생각을 하지만

사랑은
하루에 단 한 사람만을 생각하는 것

그렇지! 사랑이란
단 한 사람에 대해 오만 가지 생각을 하는 것

사랑이란

이를테면 마른 낙엽에 불꽃이 일어
활활 타들어 가는 산불 같은 것을
사랑이라 말하는 것이겠지만

어쩌면 흠뻑 젖은 낙엽 더미에
작은 불씨 하나로 불을 붙여야 하는 일을
나는 사랑이라 부르고 싶은 것이다

짝

짝이 있다는 건 좋은 일
숟가락이건
젓가락이건
신발이건
친구건
연인이건
새건
꽃이건
바퀴벌레건
은행나무건
슬픔이건
詩건
술잔이건
짝이 있다는 건 기쁜 일
그것은 이 서운하기 짝이 없는 우주에서
혼자는 아니라는 뜻이리니
오늘은 그대와 그대의 짝을 위해
짝 짝 짝

짝사랑

한 사람을 사랑하는데
그 사람은 나를 사랑하지 않는 것이 아니다

한 사람을 사랑하는데
그 사람은 나만큼 사랑하지 않는 것이다

그렇다면 세상의 모든 사랑은 짝사랑이다
그렇다면 세상의 모든 사람은?

쉿!

그대가 나를 사랑하려거든

나의 얼굴은 아름답지 않으나
아침저녁이면 그 개펄에도
붉은 노을이 곱게 물들고

나의 손은 곱지 않으나
그 거친 사막 한구석에도
꿀과 젖처럼 달콤한 사랑이 흐릅니다

나의 가슴은 넓지 않으나
그 좁은 방 한켠에도
천둥보다 큰 소리로 심장이 뛰고

나의 영혼은 맑지 않으나
이따금 그 진흙에도
연분홍 연꽃이 활짝 피어납니다

사랑이여, 그대가 나를 사랑하려거든

그 꽃처럼 나의 어둠과 슬픔에서 피어나소서
피어나 그대의 향기로 나의 먼 발길을 밝혀주소서

사랑아,
다시는 꽃으로도 만나지 말자

나를 사랑하는 너는 잠들었으리
나를 사랑했던 너는 잠들었으리

지우개로 지우다 반쯤 남은 글자처럼
다시 또 하루가 지나면
투명한 눈물 속에 번지는
푸른 잉크 같은 슬픔
가로의 등을 하나씩 하나씩 모두 지워도
새벽은 끝내 오질 않고
세로로 곧추서는 표정 잃은 고독이여

사랑의 전생은 바다
사랑의 다음 생은 바람
오늘 사랑의 생은 바보였으니
밤 하나 없는 별이 어디 있으며
사망 하나 없는 사랑이 어디 있으랴

내 한숨 쉬며 고백하는 것은
너를 생각하는 밤마다
별빛 폭포수처럼 쏟아져 내렸다
지금 내 머리 위로 그러하듯이

이것은 내일의 유언
이것은 내일이 미리 쓰는 오늘의 유언

사랑아, 다시는 꽃으로도 만나지 말자
사랑아, 다시는 햇살로도 만나지 말자

가장 아름다운 사람

세상에서 가장 아름다운 꽃은
당신의 얼굴입니다

세상에서 가장 눈부신 태양은
당신의 미소입니다

세상에서 가장 빛나는 별은
당신의 눈입니다

세상에서 가장 즐거운 노래는
당신의 콧노래입니다

세상에서 가장 붉은 노을은
당신의 뺨입니다

세상에서 가장 풋풋한 과일은
당신의 입술입니다

세상에서 가장 날씬한 사슴은
당신의 목입니다

세상에서 가장 편안한 나무는
당신의 어깨입니다

세상에서 가장 풍요로운 들녘은
당신의 가슴입니다

세상에서 가장 부드러운 바람은
당신의 손길입니다

세상에서 가장 멋진 춤은
당신의 발걸음입니다

세상에서 가장 설레는 약속은
당신과의 만남입니다

세상에서 가장 듣고 싶은 소리는
당신의 숨소리입니다

세상에서 가장 갖고 싶은 보석은
당신의 마음입니다

세상에서 가장 사랑스러운 사람은
세상과도 바꿀 수 없는 당신입니다.

무창포

무창포에서나
물어볼 일이다
바다가 둘로 갈라져
앞섬까지 길 하나 열어놓더니
물기도 마르기 전
제 몸속에 다시 깊숙이 묻어버리는
水葬의 이별법
묻어도 묻어도 묻어지지 않는
사랑 하나 가슴에 있거들랑
무창포에서나 무창 무창
울어볼 일이다

보고 싶은 사람 하나
생겼습니다

아침에 눈을 뜨면
문득 얼굴 떠오르는 사람
하나 생겼습니다
커피를 마실 때
앞에 앉아 있었으면 싶은 사람
하나 생겼습니다
아름다운 풍경을 보면
사진을 찍어 보내주고 싶은 사람
하나 생겼습니다
기쁜 일이 생겼을 때
가장 먼저 알려주고 싶은 사람
하나 생겼습니다

누군가 자신의 전화를 애타게
기다리는 줄 모르는 사람도
하나 생겼습니다

누군가 자신의 옆에 늘 함께
있고 싶어 하는 줄 모르는 사람도
하나 생겼습니다
누군가 자신의 영혼을 뜨겁게
사랑하는 줄 모르는 사람도
하나 생겼습니다

그런데도 그를
사랑하는 사람
하나 생겼습니다
그런데도 그를 향해
멈추지 않는 사랑
하나 생겼습니다
그런데도 그만 생각하면
행복한 사람
하나 생겼습니다.

어떤 사랑은 그냥
어떤 사랑은 그래서
어떤 사랑은 그런데도 사랑입니다

그런데도 사랑하는 사람

하나 생겼습니다